Analyse de l'œuvre

Par Elena Pinaud
et Florence Balthasar

La Photo qui tue

d'Anthony Horowitz

lePetitLittéraire.fr

Analyse de l'œuvre

Par Elena Pinaud
et Florence Balthasar

La Photo qui tue

d'Anthony Horowitz

Rendez-vous sur lepetitlitteraire.fr et découvrez :

Plus de 1200 analyses
Claires et synthétiques
Téléchargeables en 30 secondes
À imprimer chez soi

ANTHONY HOROWITZ

ÉCRIVAIN ANGLAIS

- **Né en 1955 à Londres**
- **Quelques-unes de ses œuvres :**
  - *Le Faucon malté* (1986), roman
  - *L'Île du crâne* (1988), roman
  - *La Photo qui tue* (2005), nouvelles

Anthony Horowitz est un écrivain anglais et un auteur de scénarios pour des programmes radio et télévisés. *L'Île du crâne*, *Satanée grand-mère* (1994) et *Mortel chassé-croisé* (1996) sont des histoires fantastiques qui, avec des pointes d'humour, font référence à son enfance solitaire et soumise à l'autorité des adultes. Des romans d'aventures comme *Le Faucon malté*, *L'Ennemi public n° 2* (1987) et *Devine qui vient tuer* (1991) parodient le style des fictions classiques de détectives. Les actions sont intrigantes et complexes, et les récits très vifs.

LA PHOTO QUI TUE

NOUVELLES FANTASTIQUES QUI FONT FROID DANS LE DOS

- **Genre :** nouvelles fantastiques
- **Édition de référence :** *La Photo qui tue. Neuf histoires à vous glacer le sang*, traduit de l'anglais par Annick Le Goyat, Paris, Le Livre de Poche Jeunesse, 2005, 218 p.
- **1ʳᵉ édition :** 1999
- **Thématiques :** surnaturel, fantastique, fantômes, magie, démons, peur

La Photo qui tue. Neuf histoires à vous glacer le sang (*Horowitz Horror*, 1999) est un recueil de nouvelles d'un fantastique troublant : les protagonistes, tous des adolescents anglais au quotidien tout à fait banal, se voient impliqués soudainement dans des aventures incroyables qui les font plonger soit dans un univers parallèle, soit dans le monde des morts, ou qui changent tout simplement leur vie à jamais.

Les neuf textes qui composent l'anthologie se ressemblent tout d'abord par par leurs descriptions précises et réalistes. Par ailleurs, il y a peu de dialogues, et toutes les nouvelles suivent le schéma narratif classique des contes de fées.

RÉSUMÉ

LA PHOTO QUI TUE

Matthew achète au marché aux puces un cadeau d'anniversaire pour son père : il s'agit d'un appareil photo, vendu par une personne qui souhaite se débarrasser des objets de trois étudiants à qui elle louait un appartement et qui ont disparu. Celle-ci ne se doute pas une seconde que la cause de la disparition se situe précisément dans cet objet. Matthew essaie l'appareil et photographie un miroir. Peu de temps après, le miroir se casse : pour le garçon, ce n'est qu'un accident. Il s'agit pourtant d'un avertissement.

Ravi du cadeau offert par son fils, son père prend en photo l'arbre planté par sa femme le jour de leur mariage, ainsi que leur chien. Le lendemain, toute la famille constate que l'arbre est mort. Le chien, quant à lui, est tué accidentellement par une voiture. Alors que ses parents se consolent en se disant qu'il leur reste les photos prises la veille, Matthew repense au miroir brisé et décide de faire développer la pellicule oubliée dans l'appareil par le vendeur, espérant y découvrir des indices. Les trois étudiants et leurs amis s'étaient photographiés au cours de ce qui ressemble, aux yeux de Matthew, à une séance de spiritisme. Ils ont dû invoquer un démon qui a fini par apparaitre. L'appareil photo est désormais possédé par ce démon, qui a fait disparaitre les étudants.

Matthew décide donc de détruire l'appareil, mais sa famille l'a emporté pour se photographier dans un parc londonien.

Matthew part à leur recherche : heureusement, ils n'ont pas eu le temps de se prendre en photo. Par contre, il est déjà trop tard pour Londres : son frère a immortalisé la ville. Il ne leur reste plus qu'à contempler « les ténèbres qui s'abattent sur la ville » (p. 36).

BAIN DU SOIR

Isabel n'aime absolument pas la baignoire de style victorien que ses parents viennent de dénicher chez un brocanteur. Et pour cause ; grâce à son enquête, elle apprend qu'elle a appartenu à un tueur en série. Effrayée par le sang qui inonde la baignoire et par le reflet dans le miroir d'un homme couvert de sang, phénomènes qui se produisent à chaque fois qu'elle se retrouve seule dans la pièce, elle évite de prendre son bain durant plusieurs jours. Ses parents, qui ne voient rien de tout cela, ne comprennent pas le comportement de leur fille.

Pour comprendre ce qu'il se passe, Isabel se renseigne sur la baignoire auprès du vendeur. Celui-ci lui révèle qu'elle a appartenu à Jacob Marlin, un tueur en série qui assassinait ses victimes dans celle-ci avec une hache et qui a fini par être pendu. Effarée par cette nouvelle, Isabel décide de détruire la baignoire, convaincue de voir Marlin sortir du miroir. Mais ses parents la surprennent dans son élan de furie destructrice et l'internent dans un hôpital, les médecins justifiant son attitude par un stress dû à un contexte familial fait de disputes permanentes.

Alors qu'il prend son bain, Jeremy, le père d'Isabel, réfléchit aux évènements et a l'impression que tout le monde le tient pour responsable de l'état de sa fille. Il décide donc d'en finir et murit le projet de tuer sa femme puis ses collègues qui semblent lui reprocher les problèmes psychologiques d'Isabel. Il sait même avec certitude quelle arme il utilisera : une hache de l'époque victorienne.

TRANSPORT ÉCLAIR

Henry reçoit de son père, qui travaille pour un journal, un ordinateur ayant appartenu à un chroniqueur hippique qui vient de mourir. Une nuit, le garçon est réveillé par l'écran de l'ordinateur qui affiche, sans avoir été allumé, le mot « Casablanca » : Henry pense rêver. Pourtant, le lendemain, il entend un de ses professeurs raconter qu'il a gagné de l'argent en pariant sur un cheval du nom de Casablanca. Henry est dès lors convaincu que l'esprit du chroniqueur décédé hante son ordinateur, qui lui révèle le soir même un autre nom de cheval, sur lequel le garçon décide de parier. N'ayant pas encore l'âge minimum requis, il fait appel à Garrett, un jeune délinquant et lui promet un pourcentage sur les gains. Ce dernier accepte de parier à sa place tout en lui annonçant qu'ils seront dorénavant partenaires. Cette nuit-là, l'ordinateur affiche un nouveau nom de cheval qu'Henry transmet à Garrett : c'est le dernier nom que l'ordinateur fera apparaitre. Ne pouvant plus donner de noms à parier, Henry voit Garrett débarquer chez lui. Le jeune garçon est obligé d'expliquer au délinquant comment il a su quels chevaux allaient gagner. Garrett tente en vain d'obtenir quelque chose de l'ordinateur qui ne veut rien lui communiquer : les seuls mots affichés sur l'écran sont « Transport éclair ». Furieux, Garrett emporte l'ordinateur et, en sortant de chez Henry, se fait écraser par un camion sur lequel on peut lire l'inscription « Transport éclair ».

LE BUS DE NUIT

Peu avant minuit, deux frères, Nick et Jeremy Hancock, rentrent seuls de la fête d'Halloween organisée par un de leurs cousins. Déguisés respectivement en diable et en Dracula, ils se sentent ridicules à l'idée de traverser le centre de Londres vêtu de la sorte. Ils montent à bord d'un ancien bus dont la destination est leur quartier et s'aperçoivent très vite que le bus est complètement vide, sans lumière ni conducteur. Alors qu'ils décident d'en descendre, le véhicule se met brusquement en marche à minuit. Le contrôleur du bus, utilise une machine à tickets et une monnaie très ancienne que Nick a du mal à reconnaitre. À un arrêt, sept personnes montent à bord, habillées très élégamment, à l'exception de la dernière, un motard qui sent la terre humide. Peu de temps après, un autre petit groupe monte dans le bus. Nick pense qu'ils doivent eux aussi revenir d'une fête d'Halloween, car ils sont habillés à l'ancienne et comptent parmi eux deux squelettes, un garçon avec un couteau planté entre les épaules et un couple dont les vêtements sont mouillés, évoquant un voyage sur le Titanic. D'autres personnes habillées de manière bizarre montent ensuite. Nick se sent de plus en plus mal à l'aise, surtout quand une dame lui dit que « ce sont [leurs] funérailles » à lui et son frère (p. 112). Il réussit à sauter du bus au feu rouge dans son quartier, entrainant Jeremy avec lui.

Le lendemain, leur mère leur explique que son enquête lui

a appris qu'ils ont en réalité fait le tour des cimetières et du crématorium de Londres dans un bus qui n'est plus fabriqué depuis des dizaines d'années. Il s'agissait donc d'un bus fantôme. En entendant cela, Nick s'évanouit.

L'HORRIBLE RÊVE DE HARRIET

Lorsque son père fait faillite, Harriet entre dans une colère terrible : habituée à une vie de princesse, il n'est pas question pour elle de déménager. Elle menace son père de le dénoncer pour maltraitance et pour tromperie envers ses clients. Le lendemain, ses parents lui annoncent qu'ils ont décidé de la confier à un ami qui dirige un restaurant, *Le Gourmet à la scie*, qui s'inspire du nom d'un célèbre cannibale. Ce chef arrive dans une vieille camionnette, ce qui fait une mauvaise impression à Harriet. Mais, à sa grande surprise, elle constate que c'est lui qui donne de l'argent à son père, alors que c'est son père qui devrait le payer pour le remercier d'accueillir sa fille chez lui.

Le restaurateur fait monter Harriet à bord et lui explique que son restaurant est le plus cher de Londres, qu'il est rempli chaque soir, et que ses clients sont des personnes extrêmement riches, ennuyées par tous les plats qui existent : c'est pour cette raison qu'ils viennent au *Gourmet à la scie*. Lorsque le chef lui propose de la pocher dans du vin blanc, Harriet se souvient que le gourmet à la scie était le surnom d'un cannibale mort au début du siècle précédent. Elle comprend alors que ses parents l'ont vendue pour être cuisinée dans ce restaurant. Sous le choc, elle s'évanouit.

Lorsqu'elle se réveille, elle pense avoir rêvé. Cependant,

elle s'aperçoit qu'elle est attachée sur une table de cuisine, et que le chef du *Gourmet à la scie* se tient à ses côtés en hachant un ognon.

PEUR

Gary, âgé de 15 ans, aime voir la peur dans le regard de ses camarades ainsi que dans celui de sa mère, avec qui il est venu rendre visite à sa grand-mère. Ennuyé par les discussions des deux femmes, il décide d'aller se promener à travers les plaines qui entourent le village où sa grand-mère habite. Il détruit quelques fleurs et des branches d'arbres, jette des détritus dans l'herbe et, s'éloignant des sentiers, malgré le conseil de sa grand-mère de respecter le code de la nature, il finit par s'égarer. Traversant des champs et des bois qu'il n'avait jamais vus auparavant, il aperçoit finalement la maison de sa grand-mère derrière un champ. Rassuré, il marche longtemps dans cette direction, sans avoir pour autant l'impression de s'en approcher et avec la sensation que ses pieds s'enfoncent petit à petit dans le champ mou. Désireux de se reposer, il s'appuie contre un piquet, se transformant peu à peu en épouvantail.

Entretemps, sa mère et sa grand-mère, très inquiètes, ont alerté la police. Gary est recherché pendant cinq jours, sans que personne ne puisse le trouver. Finalement, la mère de Gary rentre à Londres, dévastée par la disparition de son fils. Dans le taxi qui la reconduit à la gare, elle remarque un épouvantail dans le champ qui entoure la maison de sa mère. Elle pense un instant reconnaitre les vêtements qui le couvrent, mais détourne rapidement le regard, persuadée qu'il ne s'agit que d'une illusion.

JEUX VIDÉO

Âgé de 16 ans, Kévin a quitté l'école et vole pour se procurer de l'argent afin de pouvoir se consacrer à son seul centre d'intérêt : les jeux vidéo. Un jour, il répond à l'annonce d'une firme spécialisée dans sa passion, qui recherche un collaborateur sans demander de qualifications spécifiques. Lors de l'entretien d'embauche, le directeur lui parle du dernier jeu de la firme qui n'a pas encore été commercialisé « dans cette... région » (p. 160) et sur lequel il veut faire travailler Kévin.

En quittant le bureau, le jeune garçon a l'impression que la porte laisse échapper une lumière éblouissante. De retour chez lui, au moment d'ouvrir la porte de sa maison, il voit un homme pointer un pistolet sur lui. Il a tout juste le temps de se cacher à l'intérieur avant que l'homme ne fasse voler la porte en éclats. Kévin réussit à l'assommer avec une table et descend dans la rue, où il aperçoit un deuxième homme, sosie du premier, le menaçant lui aussi avec un pistolet. L'adolescent se réfugie dans la maison, mais les coups de pistolets des deux hommes le forcent à monter sur le toit, d'où il aperçoit six personnages semblables aux deux premiers. Pris sous une pluie de tirs, Kévin saute dans la cour, traverse les jardins des voisins et se retrouve dans une rue où il prend un bus, étonné de voir que personne ne réagit. Des motards tirent sur le bus qui rentre dans un supermarché. Kévin se retrouve sous un tas de marchandises, en vie. Pourtant, alors qu'il souhaite rentrer chez lui, il est à nouveau pris pour cible par des motards et des hélicoptères sur lesquels on peut lire : « Tuer Kévin Graham » (p. 174). Des flammes apparaissent ensuite, crachées par des dragons. Tout le quartier est en ruine, et Kévin, blessé, parvient à s'endormir dans un cratère. Le lendemain, il décide de mettre fin au contrat, mais il revoit l'homme du jour précédent qui tentait de le tuer. Avec le son caractéristique des pièces de monnaie qui roulent dans une machine, il réalise alors qu'il est dans un jeu vidéo et que quelqu'un vient de mettre une nouvelle pièce dans l'appareil.

L'HOMME AU VISAGE JAUNE

Un homme raconte une histoire étrange qui lui est arrivée alors qu'il avait 13 ans, à la gare de York, où il se trouvait avec son oncle et sa tante. De façon inexplicable, le garçon s'est senti attiré par le photomaton et a décidé d'y faire quatre photos. À sa grande surprise, la troisième lui montre l'image d'un homme au teint très jaune, à la peau froissée, et au regard horrifié. Ayant l'impression de connaitre cette personne, il refuse de monter dans le train pour Londres, de peur de la rencontrer. Son oncle l'oblige pourtant à embarquer. Peu de temps après, le train déraille à cause d'un bloc de ciment jeté sur les rails par des adolescents, faisant des morts et des blessés graves. Le garçon survit, mais présente de sévères brulures.

Trente ans après s'être photographié à la gare de York, il se regarde dans le miroir et réalise qu'il est devenu l'homme au visage jaune de la photo.

L'OREILLE DU SINGE

En vacances à Marrakech, les Becker se promènent dans le souk local. Très vite, ils se perdent et se renseignent sur le chemin à suivre auprès d'un jeune garçon. Celui-ci réussit à leur vendre, pour le plus grand bonheur de Bart, le fils Becker, une oreille de singe censée réaliser quatre vœux.

Rentré à Londres, le père fait le vœu de recevoir une Ferrari : à ce moment-là, un hindou se présente à la porte avec des plats au curry. La mère, quant à elle, fait le souhait de gagner beaucoup « de fric » : le lendemain, on offre des frites à son mari. Quand des dépenses couteuses sont à faire pour la maison, la mère de Bart s'énerve et souhaite que l'oreille de singe lui offre une nouvelle maison et même un nouveau mari. Cela pousse le père de Bart à faire le vœu d'avoir à nouveau des cheveux longs pour se faire un catogan. Un terrible ouragan se déclenche cette nuit-là, qui ne détruit que la maison des Becker.

Bart comprend alors que l'oreille a exaucé leurs vœux, mais qu'elle entend mal et qu'elle a confondu Ferrari et curry, fric et frites, catogan et ouragan. Quand il ne reste plus qu'un seul vœu, tous les trois se battent pour l'obtenir. Bart considère que l'oreille est son cadeau et que c'est à lui de faire le dernier vœu. Le père s'énerve et lui dit d'aller au diable : Bart disparaît alors à jamais.

CLÉS DE LECTURE

Ce recueil, constitué de neuf textes indépendants les uns des autres du point de vue de l'histoire et des personnages, a néanmoins quelques éléments qui assurent son unité.

LES PROTAGONISTES

Les personnages principaux

Les neuf histoires mettent en scène des adolescents normaux, du moins en apparence. En effet, ces jeunes se retrouvent confrontés à des faits pour le moins étranges que l'on pourrait considérer comme des épreuves initiatrices : étant à un moment charnière de leur vie, ces adolescents découvrent que, outre leur routine, il existe un autre monde, un monde invisible. Les jeunes sont ainsi amenés à se rendre compte que la réalité dépasse le simple aspect matériel des choses : l'argent et le confort personnel, le conformisme, l'oisiveté et les loisirs ou encore l'ignorance des règles qui régissent la nature.

La frontière entre ces deux mondes est ténue et les incursions de cet « autre » monde sont nombreuses. Les adolescents perçoivent d'ailleurs l'apparition de l'étrange dans leur quotidien bien avant qu'il ne se manifeste : les mots « étrange » et « bizarre » apparaissent au moins une fois dans chaque histoire. Ainsi, alors que Matthew ressent « un étrange frisson dans le creux de la nuque » (p. 18) lorsqu'il tient l'appareil photo dans ses mains, Simon se demande s'il n'y a pas « quelque chose d'étrange dans [la] cabine » (p. 182) de photomaton. Les jeunes ont en fait tous un pressentiment face à la situation qu'ils vivent ou qu'ils s'apprêtent à vivre. Ils n'ont cependant plus aucune prise sur les évènements dès que le basculement s'est produit. Le monde leur devient tout à coup hostile et inhospitalier. Des objets d'une banalité sans nom se meuvent en instrument de malheur : un appareil photo, une baignoire, un ordinateur portable, un bus, un photomaton et un grigri (l'oreille de singe). Si les objets sont hors de cause, c'est au tour des tempéraments de devenir piégeurs : ce sont alors le nombrilisme d'Harriet, l'irrespect de Gary et la paresse de Kévin qui les condamnent.

Les aventures insolites vécues par les jeunes héros les initient donc à un monde loin d'être aseptisé comme la société dans laquelle ils évoluent. En effet, dans cette dernière, les parents ou les adultes ne croient pas les adolescents lorsque certains confient leur mésaventure. Ils cherchent des explications rationnelles et n'envisagent à aucun moment de croire ce qui leur est conté. De plus, le monde dans lequel évoluent les personnages est très mercantile et dénoué de sensibilité. Les profits personnels et immédiats sont privilégiés : ceci est perceptible à travers la vente d'objets de personnes disparues, la reprise de l'ordinateur d'un mort, la vente de sa fille à un cuisinier, etc. Le fantastique est banni du quotidien et la vie de chacun est réglée comme du papier à musique avant l'apparition des premiers effets fantastique. Leur découverte provoque un changement radical chez les personnages : ils franchissent un pas, une sorte de point de non-retour. Dès lors, les jeunes sont à même de tirer des leçons de leurs expériences hors du commun, du moins pour ceux qui survivent à l'aventure. Le lecteur, lui aussi, peut en tirer. Ainsi, à l'instar des contes de fées, la notion de moralité sous-tend les neuf histoires de *La Photo qui tue*. La moralité est ici implicite, ce qui signifie qu'elle n'apparait pas telle quelle, inscrite à la fin des histoires, mais qu'elle est sous-entendue et intelligible. Le principal message délivré par ces nouvelles demeure le respect : il faut respecter les autres (*Harriet, Peur, L'oreille du singe*), respecter la nature, ne pas avoir de mauvaises fréquentations, travailler à l'école, etc. Chaque nouvelle possède ainsi une ou deux morales.

Les enfants terribles

Dans les neuf histoires d'Anthony Horowitz, les personnages ne sortent pas indemnes des étranges mésaventures dont ils sont malgré eux les acteurs. Certains se débrouillent toutefois un peu mieux que d'autres. Matthew parvient, in extrémis, à sauver sa famille (même si le sort de Londres reste suspendu), Isabel est à l'abri des projets meurtriers fomentés par son père, Henry cesse d'être sous la menace de Bill Garrett le caïd, Nick et Jeremy parviennent à sauter hors du bus qui les mène à leurs funérailles, Simon survit à l'accident de train et, enfin, Bart disparait loin de l'influence néfaste de ses parents.

Même si les personnages précités n'ont pas un sort des plus enviables, celui des personnages suivants l'est encore moins :

- Bill Garrett n'est pas un garçon recommandable (« pendant cinq ans il a terrorisé les élèves et les professeurs », p. 83), mais a également quitté l'école à 16 ans, est l'auteur de vols, de rackets et est même suspecté d'avoir provoqué un incendie. Violent et mesquin, il est renversé par un camion après avoir battu Léo, le meilleur ami d'Henry, et volé ce dernier ;

- Harriet est quant à elle une jeune fille gâtée, irrespectueuse et égocentrique. Quand elle apprend la faillite de son père, peu lui importe le malheur causé à son entourage, seule sa situation la chagrine. Face à ses caprices incessants, son père décide de la vendre au propriétaire d'un restaurant cannibale où elle servira de repas ;
- Gary Wilson est un garçon cruel qui prend « plaisir à [...] terrcriser » (p. 140) les autres enfants. Il n'a en outre aucun respect ni pour sa mère ni pour sa grand-mère, et encore moins pour la nature. Lors de son escapade dans la campagne, il prend un malin plaisir à détruire et polluer tout sur son passage, ce qui lui attire les foudres de Dame nature. Il finit en épouvantail au milieu du champ, non loin de la maison de sa grand-mère ;
- après avoir quitté l'école par fainéantise, Kévin n'a pour seule ambition que les jeux vidéo et le vol pour les financer. Il tombe sur une annonce faite sur mesure pour lui. En signant le contrat, Kévin se retrouve enfermé dans le jeu, condamné à être la cible de tueurs fictifs ;
- les Becker, Brenda et Brian, ne sont pas des gens des plus agréables. Ils ne pensent qu'à leur petit confort, leur argent et leur bonheur personnel. Leur intérêt pour leur fils, Bart, est d'ailleurs très limité. Lorsqu'ils découvrent que l'oreille de singe de leur fils exauce réellement les vœux, ils se battent pour obtenir le dernier, au détriment de Bart. Le vœu du père est : « Va au diable ! » (p. 217). La disparition de Bart est une sorte de punition pour ces parents obnubilés par eux-mêmes.

Par ces histoires d'adolescents moralisatrices, l'auteur place son dans la lignée de la littérature jeunesse des débuts, qui compte dans ses rangs *Pierre l'Ébouriffé* (1858) d'Heinrich Hoffman (psychiatre, poète et auteur de livres jeunesse allemand, 1809-1894) et *Max et Moritz* (1865) de Wilhelm Busch (humoriste, dessinateur, peintre et auteur allemand, 1832-1908). En effet, les tout premiers récits destinés à la jeunesse retraçaient l'histoire de héros aux comportements impertinents. Ces héros insolents étaient dument punis à la fin de l'histoire, incitant les enfants sages à le rester. Les punitions étaient assez violentes. Dans *Pierre l'Ébouriffé*, par exemple, le méchant François enchaine les bêtises et méchancetés en brutalisant un chien notamment, et, à la fin du récit, le mauvais garçon se retrouve dans la gamelle de ce même chien, affamé.

LE FANTASTIQUE

Entre explication rationnelle et surnaturelle

Tout en mettant en avant des êtres ou des phénomènes surnaturels, le fantastique opère une rupture dans la cohérence du monde réel, dans lequel il survient de manière inattendue. Le fantastique caractérise les contes de fées, les histoires de fantômes et la littérature de science-fiction. *La Photo qui tue* rassemble des nouvelles dont le fantastique pourrait être rapproché de ces trois catégories de textes :

- **le conte de fées :** dans *L'Oreille du singe*, il est question d'un objet magique qui accomplit des vœux et qui est même personnifié (l'oreille est un peu sourde) ; dans *La Photo qui tue*, un démon de l'au-delà a pris possession d'un appareil photo et s'empare des objets et des êtres de notre monde ; dans *Transport éclair* et *L'Homme au visage jaune*, des messages de l'autre monde sont transmis aux vivants ; dans *Peur* et *L'Horrible Rêve de Harriet*, les personnages principaux disparaissent, punis l'un pour avoir été irrespectueux envers la nature et l'autre pour avoir été trop fière et avare. Tout cela n'est pas sans rappeler des anecdotes de contes de fées classiques. Ainsi, dans *Les Fées* (1697) de Perrault (homme de lettres français, 1628-1703), la méchante sœur (préférée par sa mère, impolie, envieuse et calculatrice) finit par mourir seule dans la forêt tandis que dans *Blanche-Neige* (1812), la pomme est empoissonnée. C'est donc un objet magique, envouté par la méchante ;

- **les histoires de fantômes :** *Bain du soir* et *Le Bus de nuit* mettent en scène des fantômes ;
- **la science-fiction :** les créateurs de jeux évoqués dans *Jeux vidéo* viennent d'un autre univers et transforment des humains en protagonistes de jeux vidéo. La science-fiction tourne en effet autour de grands thèmes tels que les machines et la domination du monde par ces dernières.

Le fantastique des neuf textes amène à confondre le possible avec l'impossible et les lecteurs, ainsi que les personnages, ne reçcivent pas d'explication claire sur les évènements curieux qui surviennent. Ils hésitent entre une explication surnaturelle et une explication qui fait plutôt appel à la psychologie et au rationnel :

- **l'explication surnaturelle** (parmi les exemples les plus connus, on compte l'apparition d'un dragon, d'un démon, d'une fée ou l'existence d'une baguette magique) range traditionnellement les évènements du côté du merveilleux qui caractérise les contes de fées, ceux-ci étant des créations folkloriques, anonymes et collectives ;

- **l'explication rationnelle** (les incidents extraordinaires sont expliqués par une réaction chimique, par un simple cauchemar ou par une anomalie biologique ou psychologique) range les évènements du côté de l'étrange. Robert Louis Stevenson (écrivain britannique, 1850-1894), Edgar Allan Poe (écrivain américain, 1809-1849) ou Jules Barbey d'Aurevilly (écrivain français, 1808-1889) ont écrit des œuvres qui appartiennent à cette seconde catégorie relevant du fantastique.

Pour chaque nouvelle, les deux explications sont possibles : c'est au lecteur de décider. Les nouvelles sont en effet très ouvertes à diverses interprétations. Ainsi, dans *La Photo qui tue*, les jeunes ont disparu à la suite d'une séance de spiritisme. Deux interprétations s'offrent alors au lecteur : soit ils sont partis de leur plein gré après avoir eu une révélation (quelle qu'elle soit) lors de la séance de spiritisme, soit ils ont réellement disparu de manière surnaturelle. Le miroir, quant à lui, peut être fragile et se briser par hasard après avoir été visé par l'appareil sans qu'aucune explication irrationnelle ne soit invoquée.

En établissant ainsi un lien entre le merveilleux et l'étrange, Horowitz relie le folklore (contes de fées, croyances, superstitions et légendes) à la littérature fantastique.

La réactualisation du fantastique : intertextualité et modernisation

L'auteur de *La Photo qui tue* se situe donc dans la lignée de la littérature fantastique. Il ne s'en cache d'ailleurs pas en faisant, notamment, un clin d'œil franc à Edgar Allan Poe ainsi qu'à W. W. Jacobs (écrivain britannique, 1863-1943), auteur de La Patte de singe (1902). Ainsi, dans *L'Oreille du singe*, Bart réplique : « C'était exactement la même histoire... sauf qu'il ne s'agissait pas d'une oreille de singe, mais d'une patte. Et c'était moins bien que l'oreille parce qu'elle n'exauçait que trois vœux au lieu de quatre. » (p. 206-207)

Les allusions à cette tradition littéraire sont donc tantôt présentes dans le texte lui-même, tantôt dans les analogies qui semblent se nouer avec les grands textes fantastiques classiques. Outre la référence explicite à Edgar Allan Poe, le lecteur féru de fantastique peut ainsi reconnaitre quelques traces de Guy de Maupassant (écrivain français, 1850-1893). On en retrouve tout particulièrement dans *Bain du soir*. Ainsi, dans le recueil de nouvelles *Le Horla* (1887), Maupassant conte l'histoire singulière du propriétaire de la main d'un assassin. Celle-ci, voulant à tout prix rejoindre son véritable propriétaire, agresse son détenteur actuel et disparait. Au sein des deux nouvelles, *La Main d'écorché* et *Bain du soir*, il est donc question de « restes » de tueurs qui ont un effet nocif sur leurs nouveaux propriétaires.

Les neuf histoires se placent certes dans une tradition ancienne, mais elles le font en utilisant le monde contemporain. La modernité entre ainsi dans les récits : l'évocation des appareils photo numériques dans *La Photo qui tue*, le photomaton dans *L'Homme au visage jaune*, ou encore les jeux vidéo dans l'histoire éponyme.

Tout ceci contribue à une double réactualisation du fantastique. Anthony Horowitz se réapproprie donc la tradition fantastique et les thèmes hérités de celle-ci : tout d'abord, à travers l'intertextualité, ensuite, par une modernisation.

LE SCHÉMA NARRATIF DES CONTES DE FÉES

Du point de vue de leur structure, tous les textes de ce recueil suivent le schéma narratif classique des contes de fées. On distingue :

- une **situation initiale** qui est, dans chaque cas, tout à fait crédible (un garçon cherche un cadeau pour son père, une famille achète une baignoire ancienne, etc.) ;
- l'apparition d'un **élément perturbateur**, c'est-à-dire d'un élément qui fait irruption dans la situation initiale et qui annule tout équilibre (le photomaton rend la photo d'un inconnu, Kévin signe un contrat avec une firme de jeux vidéo d'un autre univers, etc.) ;
- des **péripéties**, soit toutes les actions entreprises par les personnages suite à l'intervention de l'élément perturbateur (Gary Wilson, devant aller contre son gré chez sa grand-mère, s'égare à travers les champs, par exemple) ;
- le **dénouement**, qui met fin aux péripéties et conduit à la **situation finale** (les explications de la mère de Nick et de Jeremy Hancock quant au bus de nuit, par exemple). La fin reste néanmoins parfois au niveau de la suggestion (dans *La Photo qui tue*, on se demande si Londres sera

réellement avalée par le démon).

Horowitz choisit de publier un recueil de neuf textes : ce chiffre n'est pas sans importance. Neuf est en fait le dernier des chiffres, il annonce la fin d'une série et le passage vers un autre plan, ce qui est caractéristique des contes. Les protagonistes de chaque texte sont justement surpris au moment de l'achèvement d'un cycle de leur vie, qui les fait quitter l'enfance pour les rendre plus responsables. Ils sont transposés dans un univers autre que celui de la réalité qu'ils connaissent : Kévin se retrouve dans un univers parallèle et, en plus, dans un jeu vidéo ; Garry quitte le monde des humains pour celui des objets inanimés en devenant un épouvantail, etc.

LES DESSEINS DE L'ŒUVRE

Le but de l'auteur était d'offrir aux lecteurs une lecture hédoniste (qui recherche du plaisir). En effet, *La Photo qui tue* est avant tout un recueil qui plait aux amateurs de littérature noire : les morales ne sont qu'implicites et sujettes à interprétations, elles sont donc secondaires.

Cette œuvre constitue ensuite un jeu littéraire avec la peur. En effet, Horowitz poursuit un but ludique : il joue avec les lecteurs et avec leurs émotions. La peur fait partie de l'arsenal du fantastique et l'auteur crée expressément une atmosphère d'épouvante, tout en pratiquant une écriture réaliste avec des détails vraisemblables. Il joue avec des éléments qui n'appartiennent pas au monde visible : il s'agit d'un fantastique de la terreur, qui comprend des revenants ou des spectres surgissant dans un monde standardisé qui les exclut au départ. L'effroi nait justement au moment où la régularité du monde est renversée par l'apparition de ces forces de l'au-delà.

L'auteur souhaite enfin, avec ce recueil, renouer avec la tradition littéraire anglaise gothique, noire, en la ranimant sous une autre forme et dans un autre cadre, moderne celui-ci. La littérature gothique est née en Angleterre au XVIIIe siècle avec l'engouement du public pour le sentimental, le macabre et le passé. Elle met en scène un cadre médiéval (en général un château), des personnages inquiétants (des revenants, des fantômes, des vampires) et des histoires de transgression des normes et des limites humaines. Elle s'éteint au début du XIXe siècle mais reste une source d'inspiration : les romans noirs sont la continuité des romans gothiques. Ce qui motive l'auteur à ranimer la tradition gothique, c'est peut-être une sorte de nostalgie du contact avec l'autre monde ou les craintes incompréhensibles et inavouables des hommes qui se perpétuent à travers les époques : qu'y a-t-il après la mort ? Les démons existent-ils ? Y a-t-il des revenants ? Peut-on prédire l'avenir ? Existe-t-il d'autres univers et d'autres civilisations et peut-on entrer en contact avec ceux-ci ?

En outre, ces textes remplissent également une des missions des contes de fées : transmettre un message, une leçon de vie, et préparer les lecteurs à vivre des expériences inhabituelles qui peuvent jouer avec leurs peurs. Jonglant entre fantastique, science-fiction et conte de fée, les neuf histoires d'Horowitz utilisent des ingrédients qui font recette en littérature pour la jeunesse comme la peur, le surnaturel, l'imaginaire, etc. Si les histoires ne proposent pas toujours de solutions claires pour vaincre ses peurs, elles permettent néanmoins à tous de se sentir concernés et d'éprouver le grand frisson.

PISTES DE RÉFLEXION

QUELQUES QUESTIONS POUR APPROFONDIR SA RÉFLEXION...

- Caractérisez en quelques phrases le fantastique d'Horowitz tel qu'il est illustré dans ce recueil. Est-il original ? Justifiez votre réponse.
- Pourquoi, selon vous, l'auteur préfère-t-il le fantastique ? Quels effets obtient-il sur les lecteurs en exploitant ce genre ?
- Comment expliquez-vous le choix du titre du recueil ?
- Détectez les pointes d'humour ou d'ironie dans chaque texte. Quels sont leurs effets ?
- En quoi ce recueil illustre-t-il les craintes qui habitent tous les êtres humains ?
- Peut-on caractériser cet ouvrage de « noir » ? Justifiez votre réponse.
- Comparez ce recueil de nouvelles avec les *Nouvelles fantastiques* de Poe. Quelles sont les différences et les similitudes ?
- Selon vous, ce recueil est-il un livre pour enfants, pour adultes ou pour un public de n'importe quel âge ? Expliquez votre réponse.
- Quel est votre état d'esprit en terminant la lecture de ce volume ? Nuancez votre réponse.
- Imaginez que ces textes soient transposés au cinéma. Quelles seraient les difficultés ou les particularités d'une telle démarche ?

POUR ALLER PLUS LOIN

ÉDITION DE RÉFÉRENCE

- HOROWITZ A., *La Photo qui tue. Neuf histoires à vous glacer le sang*, traduit de l'anglais par Annick Le Goyat, Paris, Le Livre de Poche Jeunesse, 2005, 218 p.

ÉTUDES DE RÉFÉRENCE

- BALDICK C., *Oxford Concise Dictionary of Literary Terms*, Oxford, Oxford University Press, 2004.
- GHEERBRANT A. et CHEVALIER J., *Dictionnaire des symboles*, Paris, Robert Laffont, coll. « Bouquins », 1969.
- NOURRISSIER F. et BIAISI P.-M. DE, *Dictionnaire des genres et notions littéraires*, Paris, Albin Michel, 2001.
- WATSON V., *The Cambridge Guide to Children's Books in English*, Cambridge, Cambridge University Press, 2001.

SUR LEPETITLITTÉRAIRE.FR

- Fiche de lecture sur *L'Île du crâne* d'Anthony Horowitz.

Retrouvez notre offre complète sur lePetitLittéraire.fr

- des fiches de lectures
- des commentaires littéraires
- des questionnaires de lecture
- des résumés

ANOUILH
- Antigone

AUSTEN
- Orgueil et Préjugés

BALZAC
- Eugénie Grandet
- Le Père Goriot
- Illusions perdues

BARJAVEL
- La Nuit des temps

BEAUMARCHAIS
- Le Mariage de Figaro

BECKETT
- En attendant Godot

BRETON
- Nadja

CAMUS
- La Peste
- Les Justes
- L'Étranger

CARRÈRE
- Limonov

CÉLINE
- Voyage au bout de la nuit

CERVANTÈS
- Don Quichotte de la Manche

CHATEAUBRIAND
- Mémoires d'outre-tombe

CHODERLOS DE LACLOS
- Les Liaisons dangereuses

CHRÉTIEN DE TROYES
- Yvain ou le Chevalier au lion

CHRISTIE
- Dix Petits Nègres

CLAUDEL
- La Petite Fille de Monsieur Linh
- Le Rapport de Brodeck

COELHO
- L'Alchimiste

CONAN DOYLE
- Le Chien des Baskerville

DAI SIJIE
- Balzac et la Petite Tailleuse chinoise

DE GAULLE
- Mémoires de guerre III. Le Salut. 1944-1946

DE VIGAN
- No et moi

DICKER
- La Vérité sur l'affaire Harry Quebert

DIDEROT
- Supplément au Voyage de Bougainville

DUMAS
- Les Trois
  Mousquetaires

ÉNARD
- Parlez-leur
  de batailles,
  de rois et
  d'éléphants

FERRARI
- Le Sermon sur la
  chute de Rome

FLAUBERT
- Madame Bovary

FRANK
- Journal
  d'Anne Frank

FRED VARGAS
- Pars vite et
  reviens tard

GARY
- La Vie devant soi

GAUDÉ
- La Mort du
  roi Tsongor
- Le Soleil des
  Scorta

GAUTIER
- La Morte
  amoureuse
- Le Capitaine
  Fracasse

GAVALDA
- 35 kilos d'espoir

GIDE
- Les
  Faux-Monnayeurs

GIONO
- Le Grand
  Troupeau
- Le Hussard
  sur le toit

GIRAUDOUX
- La guerre de
  Troie
  n'aura pas lieu

GOLDING
- Sa Majesté des
  Mouches

GRIMBERT
- Un secret

HEMINGWAY
- Le Vieil Homme
  et la Mer

HESSEL
- Indignez-vous !

HOMÈRE
- L'Odyssée

HUGO
- Le Dernier Jour
  d'un condamné
- Les Misérables
- Notre-Dame
  de Paris

HUXLEY
- Le Meilleur
  des mondes

IONESCO
- Rhinocéros
- La Cantatrice
  chauve

JARY
- Ubu roi

JENNI
- L'Art français
  de la guerre

JOFFO
- Un sac de billes

KAFKA
- La Métamorphose

KEROUAC
- Sur la route

KESSEL
- Le Lion

LARSSON
- Millenium I. Les
  hommes qui
  n'aimaient pas
  les femmes

LE CLÉZIO
- Mondo

LEVI
- Si c'est un
  homme

LEVY
- Et si c'était vrai…

MAALOUF
- Léon l'Africain

Malraux
• La Condition
  humaine

Marivaux
• La Double
  Inconstance
• Le Jeu de l'amour
  et du hasard

Martinez
• Du domaine
  des murmures

Maupassant
• Boule de suif
• Le Horla
• Une vie

Mauriac
• Le Nœud
  de vipères

Mauriac
• Le Sagouin

Mérimée
• Tamango
• Colomba

Merle
• La mort est
  mon métier

Molière
• Le Misanthrope
• L'Avare
• Le Bourgeois
  gentilhomme

Montaigne
• Essais

Morpurgo
• Le Roi Arthur

Musset
• Lorenzaccio

Musso
• Que serais-je
  sans toi ?

Nothomb
• Stupeur et
  Tremblements

Orwell
• La Ferme
  des animaux
• 1984

Pagnol
• La Gloire de
  mon père

Pancol
• Les Yeux jaunes
  des crocodiles

Pascal
• Pensées

Pennac
• Au bonheur
  des ogres

Poe
• La Chute de la
  maison Usher

Proust
• Du côté de
  chez Swann

Queneau
• Zazie dans
  le métro

Quignard
• Tous les matins
  du monde

Rabelais
• Gargantua

Racine
• Andromaque
• Britannicus
• Phèdre

Rousseau
• Confessions

Rostand
• Cyrano de
  Bergerac

Rowling
• Harry Potter à
  l'école des sor-
  ciers

Saint-Exupéry
• Le Petit Prince
• Vol de nuit

Sartre
• Huis clos
• La Nausée
• Les Mouches

Schlink
• Le Liseur

SCHMITT
- La Part de l'autre
- Oscar et la
  Dame rose

SEPULVEDA
- Le Vieux qui
  lisait des romans
  d'amour

SHAKESPEARE
- Roméo et Juliette

SIMENON
- Le Chien jaune

STEEMAN
- L'Assassin
  habite au 21

STEINBECK
- Des souris et
  des hommes

STENDHAL
- Le Rouge et
  le Noir

STEVENSON
- L'Île au trésor

SÜSKIND
- Le Parfum

TOLSTOÏ
- Anna Karénine

TOURNIER
- Vendredi ou
  la Vie sauvage

TOUSSAINT
- Fuir

UHLMAN
- L'Ami retrouvé

VERNE
- Le Tour
  du monde
  en 80 jours
- Vingt mille
  lieues sous
  les mers
- Voyage au
  centre de
  la terre

VIAN
- L'Écume des jours

VOLTAIRE
- Candide

WELLS
- La Guerre des
  mondes

YOURCENAR
- Mémoires
  d'Hadrien

ZOLA
- Au bonheur
  des dames
- L'Assommoir
- Germinal

ZWEIG
- Le Joueur
  d'échecs

www.lepetitlitteraire.fr

ISBN version numérique : 978-2-8062-1799-8
ISBN version papier : 978-2-8062-1305-1
Dépôt légal : D/2013/12603/501

Avec la collaboration de Florence Balthasar pour l'étude des protagonistes ainsi que pour le chapitre « Réactualisation du fantastique. Intertextualité et modernisation ».

Conception numérique : Primento,
le partenaire numérique des éditeurs.

Ce titre a été réalisé avec le soutien de la Fédération Wallonie-Bruxelles, Service général des Lettres et du Livre.